HÉSIODE ÉDITIONS

THÉOPHILE GAUTIER

La Toison d'or

Hésiode éditions

© Hésiode éditions.

22 rue Gabrielle Josserand - 93500 Pantin.
ISBN 978-2-38512-224-9
Dépôt légal : Novembre 2023

Impression Books on Demand GmbH

In de Tarpen 42
22848 Norderstedt, Allemagne

La Toison d'or

CHAPITRE PREMIER

Tiburce était réellement un jeune homme fort singulier ; sa bizarrerie avait surtout l'avantage de n'être pas affectée, il ne la quittait pas comme son chapeau et ses gants en rentrant chez lui : il était original entre quatre murs, sans spectateurs, pour lui tout seul.

N'allez pas croire, je vous prie, que Tiburce fût ridicule, et qu'il eût une de ces manies agressives, insupportables à tout le monde ; il ne mangeait pas d'araignées, ne jouait d'aucun instrument et ne lisait de vers à personne ; c'était un garçon posé, tranquille, parlant peu, écoutant moins, et dont l'œil à demi ouvert semblait regarder en dedans.

Il vivait accroupi sur le coin d'un divan, étayé de chaque côté par une pile de coussins, s'inquiétant aussi peu des affaires du temps que de ce qui se passe dans la lune. – Il y avait très peu de substantifs qui fissent de l'effet sur lui, et jamais personne ne fut moins sensible aux grands mots. Il ne tenait en aucune façon à ses droits politiques et pensait que le peuple est toujours libre au cabaret.

Ses idées sur toutes choses étaient fort simples : il aimait mieux ne rien faire que de travailler ; il préférait le bon vin à la piquette, et une belle femme à une laide ; en histoire naturelle, il avait une classification on ne peut plus succincte : ce qui se mange et ce qui ne se mange pas. – Il était d'ailleurs parfaitement détaché de toute chose humaine, et tellement raisonnable qu'il paraissait fou.

Il n'avait pas le moindre amour-propre ; il ne se croyait pas le pivot de la création, et comprenait fort bien que la terre pouvait tourner sans qu'il s'en mêlât ; il ne s'estimait pas beaucoup plus que l'acarus du fromage ou les anguilles du vinaigre ; en face de l'éternité et de l'infini, il ne se sentait pas le courage d'être vaniteux ; ayant quelquefois regardé par le microscope et le télescope, il ne s'exagérait pas l'importance humaine ; sa taille était de cinq pieds quatre pouces, mais il se disait que les habitants du soleil pouvaient bien avoir huit cents lieues de haut.

Tel était notre ami Tiburce.

On aurait tort de croire, d'après ceci, que Tiburce fût dénué de passions. Sous les cendres de cette tranquillité couvait plus d'un tison ardent. Pourtant on ne lui connaissait pas de maîtresse en titre, et il se montrait peu galant envers les femmes. Tiburce, comme presque tous les jeunes gens d'aujourd'hui, sans être précisément un poète ou un peintre, avait lu beaucoup de romans et vu beaucoup de tableaux ; en sa qualité de paresseux, il préférait vivre sur la foi d'autrui ; il aimait avec l'amour du poète, il regardait avec les yeux du peintre, et connaissait plus de portraits que de visages ; la réalité lui répugnait, et, à force de vivre dans les livres et les peintures, il en était arrivé à ne plus trouver la nature vraie.

Les madones de Raphaël, les courtisanes du Titien lui rendaient laides les beautés les plus notoires : la Laure de Pétrarque, la Béatrix de Dante, l'Haydée de Byron, la Camille d'André Chénier, lui faisaient paraître vulgaires les femmes en chapeau, en robe et en mantelet dont il aurait pu devenir l'amant : il n'exigeait cependant pas un idéal avec des ailes à plumes blanches et une auréole autour de la tête ; mais ses études sur la statuaire antique, les écoles d'Italie, la familiarité des chefs-d'œuvre de l'art, la lecture des poètes, l'avaient rendu d'une exquise délicatesse en matière de formes, et il lui eût été impossible d'aimer la plus belle âme du monde, à moins qu'elle n'eût les épaules de la Vénus de Milo. – Aussi Tiburce n'était-il amoureux de personne.

Cette préoccupation de la beauté se trahissait par la quantité de statuettes, de plâtres moulés, de dessins et de gravures qui encombraient et tapissaient sa chambre, qu'un bourgeois eût trouvée une habitation peu vraisemblable ; car il n'avait d'autres meubles que le divan cité plus haut et quelques carreaux de diverses couleurs épars sur le tapis. N'ayant pas de secrets, il se passait facilement de secrétaire, et l'incommodité des commodes était un fait démontré pour lui.

Tiburce allait rarement dans le monde, non par sauvagerie, mais par nonchalance ; il accueillait très bien ses amis et ne leur rendait jamais de visite. – Tiburce était-il heureux ? non, mais il n'était pas malheureux ; seulement, il aurait bien voulu pouvoir s'habiller de rouge. Les gens superficiels l'accusaient d'insensibilité, et les femmes entretenues ne lui trouvaient pas d'âme, mais au fond c'était un cœur d'or, et sa recherche de la beauté physique trahissait aux yeux attentifs d'amères déceptions dans le monde de la beauté morale. – À défaut de la suavité du parfum, il cherchait l'élégance du vase ; il ne se plaignait pas, il ne faisait pas d'élégies, il ne portait pas ses manchettes en pleureuse, mais l'on voyait bien qu'il avait souffert autrefois, qu'il avait été trompé et qu'il ne voulait plus aimer qu'à bon escient. Comme la dissimulation du corps est bien plus difficile que celle de l'âme, il s'en tenait à la perfection matérielle ; mais, hélas ! un beau corps est aussi rare qu'une belle âme. D'ailleurs Tiburce, dépravé par les rêveries des romanciers, vivant dans la société idéale et charmante créée par les poètes, l'œil plein des chefs-d'œuvre de la statuaire et de la peinture, avait le goût dédaigneux et superbe, et ce qu'il prenait pour de l'amour n'était que de l'admiration d'artiste. – Il trouvait des fautes de dessin dans sa maîtresse ; – sans qu'il s'en doutât, la femme n'était pour lui qu'un modèle.

Un jour, ayant fumé son hooka, regardé la triple Léda du Corrège dans son cadre à filets, retourné en tous sens la dernière figurine de Pradier, pris son pied gauche dans sa main droite et son pied droit dans sa main gauche, posé ses talons sur le bord de la cheminée, Tiburce, au bout de ses moyens de distraction, fut obligé de convenir vis-à-vis de lui-même qu'il ne savait que devenir, et que les grises araignées de l'ennui descendaient le long des murailles de sa chambre toute poudreuse de somnolence.

Il demanda l'heure, – on lui répondit qu'il était une heure moins un quart, ce qui lui parut décisif et sans réplique. Il se fit habiller et se mit à courir les rues ; en marchant, il réfléchit qu'il avait le cœur vide et sentit le besoin de faire une passion, comme on dit en argot parisien.

Cette louable résolution prise, il se posa les questions suivantes : « Aimerai-je une Espagnole au teint d'ambre, aux sourcils violents, aux cheveux de jais ? une Italienne aux linéaments antiques, aux paupières orangées cernant un regard de flamme ? une Française fluette avec un nez à la Roxelane et un pied de poupée ? une Juive rouge avec une peau bleu de ciel et des yeux verts ? une négresse noire comme la nuit et luisante comme un bronze neuf ? Aurai-je une passion brune ou une passion blonde ? Perplexité grande ! »

Comme il allait tête baissée, songeant à tout cela, il se cogna contre quelque chose de dur qui fit un saut en arrière en proférant un horrible jurement. Ce quelque chose était un peintre de ses amis : ils entrèrent tous deux au Musée. – Le peintre, grand enthousiaste de Rubens, s'arrêtait de préférence devant les toiles du Michel-Ange néerlandais qu'il louait avec une furie d'admiration tout à fait communicative. Tiburce, rassasié de la ligne grecque, du contour romain, du ton fauve de maîtres d'Italie, prenait plaisir à ces formes rebondies, à ces chairs satinées, à ces carnations épanouies comme des bouquets de fleurs, à toute cette santé luxurieuse que le peintre d'Anvers fait circuler sous la peau de ses figures en réseaux d'azur et de vermillon. Son œil caressait avec une sensualité complaisante ces belles épaules nacrées et ces croupes de sirènes inondées de cheveux d'or et de perles marines. Tiburce, qui avait une très grande faculté d'assimilation, et qui comprenait également bien les types les plus opposés, était en ce moment-là aussi flamand que s'il fût né dans les polders et n'eût jamais perdu de vue le fort de Lillo et le clocher d'Antwerpen.

« Voilà qui est convenu, se dit-il en sortant de la galerie, j'aimerai une Flamande. »

Comme Tiburce était l'homme le plus logique du monde, il se posa ce raisonnement tout à fait victorieux, à savoir que les Flamandes devaient être beaucoup plus communes en Flandre qu'ailleurs, et qu'il était urgent pour lui d'aller en Belgique – au pourchas du blond. – Ce Jason d'une nouvelle espèce, en quête d'une autre toison d'or, prit le soir même la diligence de Bruxelles avec la précipitation d'un banqueroutier las du commerce des hommes et sentant le besoin de quitter la France, cette terre classique des beaux-arts, des belles manières et des gardes du commerce.

Au bout de quelques heures, Tiburce vit paraître, non sans joie, sur les enseignes des cabarets, le lion belge sous la figure d'un caniche en culotte de nankin, accompagné de l'inévitable Verkoopt men dranken. Le lendemain soir, il se promenait à Bruxelles sur la Magdalena-Strass, gravissait la Montagne aux herbes potagères, admirait les vitraux de Sainte-Gudule et le beffroi de l'hôtel de ville, et regardait, non sans inquiétude, toutes les femmes qui passaient.

Il rencontra un nombre incalculable de négresses, de mulâtresses, de quarteronnes, de métisses, de griffes, de femmes jaunes, de femmes cuivrées, de femmes vertes, de femmes couleur de revers de botte, mais pas une seule blonde ; s'il avait fait un peu plus chaud, il aurait pu se croire à Séville ; rien n'y manquait, pas même la mantille noire.

Pourtant, en rentrant dans son hôtel, rue d'Or, il aperçut une jeune fille qui n'était que châtain foncé, mais elle était laide ; le lendemain, il vit aussi près de la résidence de Laeken une Anglaise avec des cheveux rouge carotte et des brodequins vert tendre ; mais elle avait la maigreur d'une grenouille enfermée depuis six mois dans un bocal pour servir de baromètre, ce qui la rendait peu propre à réaliser un idéal dans le goût de Rubens.

Voyant que Bruxelles n'était peuplé que d'Andalouses au sein bruni, ce qui s'explique du reste aisément par la domination espagnole qui pesa longtemps sur les Pays-Bas, Tiburce résolut d'aller à Anvers, pensant avec quelque apparence de raison que les types familiers à Rubens, et si constamment reproduits sur ses toiles, devaient se trouver fréquemment dans sa ville natale et bien-aimée.

En conséquence, il se rendit à la station du chemin de fer qui va de Bruxelles à Anvers. – Le cheval de vapeur avait déjà mangé son avoine de charbon, il renâclait d'impatience et soufflait par ses naseaux enflammés, avec un râle strident, d'épaisses bouffées de fumée blanche, entremêlées d'aigrettes d'étincelles. Tiburce s'assit dans sa stalle en compagnie de cinq Wallons immobiles à leurs places comme des chanoines au chapitre, et le convoi partit. – La marche fut d'abord modérée : on n'allait guère plus vite que dans une chaise de poste à dix francs de guides ; bientôt le cheval s'anima et fut pris d'une incroyable furie de vitesse. Les peupliers du chemin fuyaient à droite et à gauche comme une armée en déroute, le paysage devenait confus et s'estompait dans une grise vapeur ; le colza et l'œillette tigraient vaguement de leurs étoiles d'or et d'azur les bandes noires du terrain ; de loin en loin une grêle silhouette de clocher se montrait dans les roulis des nuages et disparaissait sur-le-champ comme un mât de vaisseau sur une mer agitée ; de petits cabarets rose tendre ou vert pomme s'ébauchaient rapidement au fond de leurs courtils sous leurs guirlandes de vigne vierge ou de houblon ; çà et là des flaques d'eau encadrées de vase brune papillotaient aux yeux comme les miroirs des pièges d'alouettes. Cependant le monstre de fonte éructait avec un bruit toujours croissant son haleine d'eau bouillante ; il sifflait comme un cachalot asthmatique, une sueur ardente couvrait ses flancs de bronze. – Il semblait se plaindre de la rapidité insensée de sa course et demander grâce à ses noirs postillons qui l'éperonnaient à grandes pelletées de tourbe. – Un bruit de tampons et de chaînes qui se heurtaient se fit entendre : on était arrivé.

Tiburce se mit à courir à droite et à gauche sans dessein arrêté, comme un lapin qu'on sortirait tout à coup de sa cage ; il prit la première rue qui se présenta à lui, puis une seconde, puis une troisième, et s'enfonça bravement au cœur de la vieille ville, cherchant le blond avec une ardeur digne des anciens chevaliers d'aventures.

Il vit une grande quantité de maisons peintes en gris de souris, en jaune serin, en vert céladon, en lilas clair, avec des toits en escalier, des pignons à volute, des portes à bossages vermiculés, à colonnes trapues, ornées de bracelets quadrangulaires comme celles du Luxembourg, des fenêtres renaissance à mailles de plomb, des mascarons, des poutres sculptées, et mille curieux détails d'architecture qui l'auraient enchanté en toute autre occasion ; il jeta à peine un regard distrait sur les madones enluminées, sur les christs qui portent des lanternes au coin des carrefours, les saints de bois ou de cire avec leurs dorloteries et leur clinquant, tous ces emblèmes catholiques si étranges pour un habitant de nos villes voltairiennes. Un autre soin l'occupait : ses yeux cherchaient, à travers les teintes bitumineuses des vitres enfumées, quelque blanche apparition féminine, un bon et calme visage brabançon vermillonné des fraîcheurs de la pêche et souriant dans son auréole de cheveux d'or. Il n'aperçut que des vieille femmes faisant de la dentelle, lisant des livres de prières, ou tapies dans des encoignures et guettant le passage de quelque rare promeneur réfléchi par les glaces de leur espion ou la boule d'acier poli suspendue à la voûte.

Les rues étaient désertes et plus silencieuses que celles de Venise ; l'on n'entendait d'autre bruit que celui des heures sonnant aux carillons des diverses églises sur tous les tons possibles au moins pendant vingt minutes ; les pavés, encadrés d'une frange d'herbe comme ceux des maisons abandonnées, montraient le peu de fréquence et le petit nombre de passants. Rasant le sol comme les hirondelles furtives, quelques femmes, enveloppées discrètement dans les plis sombres de leur faille, filaient à petit bruit le long des maisons, suivies quelquefois d'un petit garçon portant leur chien. – Tiburce hâtait le pas pour découvrir leurs figures enfouies sous les ombres du capuchon, et trouvait des têtes maigres et pâles à lèvres serrées, avec des yeux cerclés de bistre, des mentons prudents, des nez fins et circonspects, de vraies physionomies de dévotes romaines ou de duègnes espagnoles ; son œillade ardente se brisait contre des regards morts, des regards de poisson cuit.

De carrefour en carrefour, de rue en rue, Tiburce finit par aboutir sur le quai de l'Escaut par la porte du Port. Ce spectacle magnifique lui arracha un cri de surprise : une quantité innombrable de mâts, d'agrès et de vergues simulait sur le fleuve une forêt dépouillée de feuilles et réduite au simple squelette. Les guibres et les antennes s'appuyaient familièrement sur le parapet du quai comme des chevaux qui reposent leur tête sur le col de leur voisin d'attelage ; il y avait là des orques hollandaises à croupe rebondie avec leurs voiles rouges, des bricks américains effilés et noirs avec leurs cordages menus comme des fils de soie ; des koffs norvégiens couleur de saumon, exhalant un pénétrant arome de sapin raboté ; des chalands, des chasse-marée, des sauniers bretons, des charbonniers anglais, des vaisseaux de toutes les parties du monde. – Une odeur indéfinissable de hareng saur, de tabac, de suif rance, de goudron fondu, relevée par les âcres parfums des navires arrivant de Batavia, chargés de poivre, de cannelle, de gingembre, de cochenille, flottait dans l'air par épaisses bouffées comme la fumée d'une immense cassolette allumée en l'honneur du commerce.

Tiburce, espérant trouver dans la classe inférieure le vrai type flamand et populaire, entra dans les tavernes et les estaminets ; il y but du faro, du lambick, de la bière blanche de Louvain, de l'ale, du porter, du whiskey, voulant faire par la même occasion connaissance avec le Bacchus septentrional. – Il fuma aussi des cigares de plusieurs espèces, mangea du saumon, de la sauer-kraut, des pommes de terre jaunes, du roastbeeef saignant, et s'assimila toutes les jouissances du pays.

Pendant qu'il dînait, des Allemandes à figures busquées, basanées comme des Bohêmes, avec des jupons courts et des béguins d'Alsaciennes, vinrent piauler piteusement devant sa table un lieder lamentable en s'accompagnant du violon et autres instruments disgracieux. La blonde

Allemagne, comme pour narguer Tiburce, s'était barbouillée du hâle le plus foncé ; il leur jeta tout en colère une poignée de cents qui lui valut un autre lieder de reconnaissance plus aigu et plus barbare que le premier.

Le soir, il alla voir dans les musicos les matelots danser avec leurs maîtresses ; toutes avaient d'admirables cheveux noirs vernis et brillants comme l'aile du corbeau ; une fort jolie créole vint même s'asseoir près de lui et trempa familièrement ses lèvres dans son verre, suivant la coutume du pays, et essaya de lier conversation avec lui en fort bon espagnol, car elle était de La Havane ; elle avait des yeux d'un noir si velouté, un teint d'une pâleur si chaude et si dorée, un si petit pied, une taille si mince, que Tiburce, exaspéré, l'envoya à tous les diables, ce qui surprit fort la pauvre créature, peu accoutumée à un pareil accueil.

Parfaitement insensible aux perfections brunes des danseuses, Tiburce se retira à son hôtel des Armes du Brabant. Il se déshabilla fort mécontent, et, en s'entortillant de son mieux dans ces serviettes ouvrées qui servent de draps en Flandre, il ne tarda pas à s'endormir du sommeil des justes.

Il fit les rêves les plus blonds du monde.

Les nymphes et les figures allégoriques de la galerie de Médicis dans le déshabillé le plus galant vinrent lui faire une visite nocturne ; elles le regardaient tendrement avec leurs larges prunelles azurées, et lui souriaient, de l'air le plus amical du monde, de leurs lèvres épanouies comme des fleurs rouges dans la blancheur de lait de leurs figures rondes et potelées. – L'une d'elles, la Néréide du tableau du Voyage de la Reine, poussait la familiarité jusqu'à passer dans les cheveux du dormeur éperdu d'amour ses jolis doigts effilés enluminés de carmin. Une draperie de brocart ramagé cachait fort adroitement la difformité de ses jambes squammeuses terminées en queue fourchue ; ses cheveux blonds étaient coiffés d'algues et de corail, comme il sied à une fille de la mer ; elle était adorable ainsi. Des groupes d'enfants joufflus et vermeils comme des roses nageaient dans une atmosphère lumineuse soutenant des guirlandes de fleurs d'un éclat insoutenable, et faisaient descendre du ciel une pluie parfumée. À un signe que fit la Néréide, les nymphes se mirent sur deux rangs et nouèrent ensemble le bout de leurs longues chevelures rousses, de façon à former une espèce de hamac en filigrane d'or pour l'heureux Tiburce et sa maîtresse à nageoires de poisson ; ils s'y placèrent en effet, et les nymphes les balançaient en remuant légèrement la tête sur un rythme d'une douceur infinie.

Tout à coup un bruit sec se fit entendre, les fils d'or se rompirent, Tiburce roula par terre. Il ouvrit les yeux, et ne vit qu'une horrible figure couleur de bronze qui fixait sur lui de grands yeux d'émail dont le blanc seul paraissait.

« Mein herr, voilà le déjeuner de vous, dit une vieille négresse hottentote, servante de l'hôtel, en posant sur un guéridon un plateau chargé de vaisselle et d'argenterie.

– Ah ça ! j'aurais dû aller en Afrique pour trouver des blondes, » grommela Tiburce en attaquant son beefsteak d'une façon désespérée

CHAPITRE II

Tiburce, convenablement repu, sortit de l'hôtel des Armes du Brabant dans l'intention consciencieuse et louable de continuer la recherche de son idéal. Il ne fut pas plus heureux que la veille ; de brunes ironies, débouchant de toutes les rues, lui jetaient des sourires sournois et ailleurs ; l'Inde, l'Afrique, l'Amérique, défilèrent devant lui en échantillons plus ou moins cuivrés, on eût dit que la digne ville, prévenue de son dessein, cachait par moquerie, au fond de ses plus impénétrables arrière-cours et derrière ses plus obscurs vitrages, toutes celles de ses filles qui eussent pu rappeler de près ou de loin les figures de Jordaëns et de Rubens : avare de son or, elle prodiguait son ébène.

Outré de cette espèce de dérision muette, Tiburce visita, pour y échapper, les musées et les galeries. – L'Olympe flamand rayonna de nouveau à ses yeux. Les cascades de cheveux recommencèrent à ruisseler par petites ondes rousses avec un frissonnement d'or et de lumière ; les épaules des allégories, ravivant leur blancheur argentée, étincelèrent plus vivement que jamais ; l'azur des prunelles devint plus clair, les joues en fleur s'épanouirent comme des touffes d'œillets ; une vapeur rose réchauffa la pâleur bleuâtre des genoux, des coudes et des doigts de toutes ces blondes déesses ; des luisants satinés, des moires de lumière, des reflets vermeils glissèrent en se jouant sur les chairs rondes et potelées ; les draperies gorge de pigeon s'enflèrent sous l'haleine d'un vent invisible et se mirent à voltiger dans la vapeur azurée ; la fraîche et grasse poésie néerlandaise se révéla tout entière à notre voyageur enthousiaste.

Mais ces beautés sur toile ne lui suffisaient pas. Il était venu chercher des types vivants et réels. Depuis assez longtemps il se nourrissait de poésie écrite et peinte, et il avait pu s'apercevoir que le commerce des abstractions n'était pas des plus substantiels. – Sans doute, il eût été beaucoup plus simple de rester à Paris et de devenir amoureux d'une jolie femme, ou même d'une laide, comme tout le monde ; mais Tiburce ne comprenait pas la nature, et ne pouvait la lire que dans les traductions. Il saisissait admirablement bien tous les types réalisés dans les œuvres des maîtres, mais il ne les aurait pas aperçus de lui-même s'il les eût rencontrés dans la rue ou dans le monde ; en un mot, s'il eût été peintre, il aurait fait des vignettes sur les vers des poètes ; s'il eût été poète, il eût fait des vers sur les tableaux des peintres. L'art s'était emparé de lui trop jeune et l'avait corrompu et faussé ; ces caractères-là sont plus communs que l'on ne pense dans notre extrême civilisation, où l'on est plus souvent en contact avec les œuvres des hommes qu'avec celles de la nature.

Un instant Tiburce eut l'idée de transiger avec lui-même, et se dit cette phrase lâche et malsonnante : « C'est une jolie couleur de cheveux que la couleur châtain. » Il alla même, le sycophante, le misérable, l'homme de peu de foi, jusqu'à s'avouer que les yeux noirs étaient fort vifs et très agréables. Il est vrai de dire, pour l'excuser, qu'il avait battu en tous sens, et cela sans le moindre résultat, une ville que tout autorisait à croire essentiellement blonde. Un peu de découragement lui était bien permis.

Au moment où il prononçait intérieurement ce blasphème, un charmant regard bleu, enveloppé d'une mantille, scintilla devant lui et disparut comme un feu follet par l'angle de la place de Meïr.

Tiburce doubla le pas, mais il ne vit plus rien ; la rue était déserte dans toute sa longueur. Sans doute, la fugitive vision était entrée dans une des maisons voisines, ou s'était éclipsée par quelque passage inconnu ; le Tiburce désappointé, après avoir regardé le puits à volutes de fer, forgé par Quintin-Metzys, le peintre-serrurier, eut la fantaisie, faute de mieux, d'examiner la cathédrale, qu'il trouva badigeonnée de haut en bas d'un jaune serin abominable. Heureusement, la chaire en bois sculpté de Verbruggen, avec ses rinceaux chargés d'oiseaux, d'écureuils, de dindons faisant la roue, et de tout l'attirail zoologique qui entourait Adam et Ève dans le paradis terrestre, rachetait cet empâtement général par la finesse de ses arêtes et le précieux de ses détails ; heureusement, les blasons des familles nobles, les tableaux d'Otto Venius, de Rubens et de Van Dyck cachaient en partie cette odieuse teinte si chère à la bourgeoisie et au clergé.

Quelques béguines en prières étaient disséminées sur le pavé de l'église ; mais la ferveur de leur dévotion inclinait tellement leurs visages sur leurs livres de prières à tranche rouge, qu'il était difficile d'en distinguer les traits. D'ailleurs la sainteté du lieu et l'antiquité de leur tournure empêchaient Tiburce d'avoir envie de pousser plus loin ses investigations.

Cinq ou six Anglais, tout essoufflés d'avoir monté et descendu les quatre cent soixante et dix marches du clocher, que la neige de colombe dont il est recouvert en tout temps fait ressembler à une aiguille des Alpes, examinaient les tableaux et, ne s'en rapportant qu'à demi à l'érudition bavarde de leur cicerone, cherchaient dans leur Guide du voyageur les noms des maîtres, de peur d'admirer une chose pour l'autre, et répétaient à chaque toile, avec un flegme imperturbable : It is a very fine exhibition. – Ces Anglais avaient des figures carrées, et la distance prodigieuse qui existait de leur nez à leur menton montrait la pureté de leur race. Quant à l'Anglaise qui était avec eux, c'était celle que Tiburce avait déjà vue près de la résidence de Laeken ; elle portait les mêmes brodequins verts et les mêmes cheveux rouges. Tiburce, désespérant du blond de la Flandre, fut presque sur le point de lui décocher une œillade assassine ; mais les couplets de vaudeville contre la perfide Albion lui revinrent à la mémoire fort à propos.

En l'honneur de cette compagnie, si évidemment britannique, qui ne se remuait qu'avec un cliquetis de guinées, le bedeau ouvrit les volets qui cachent les trois quarts de l'année les deux miraculeuses peintures de Rubens : le Crucifiement et la Descente de croix.

Le Crucifiement est une œuvre à part, et, lorsqu'il le peignit, Rubens rêvait de Michel-Ange. Le dessin est âpre, sauvage, violent comme celui de l'école romaine ; tous les muscles ressortent à la fois, tous les os et tous les cartilages paraissent, des nerfs d'acier soulèvent des chairs de granit. – Ce n'est plus là le vermillon joyeux dont le peintre d'Anvers saupoudre insouciamment ses innombrables productions, c'est le bistre italien dans sa plus fauve intensité ; les bourreaux, colosses à formes d'éléphant, ont des mufles de tigre et des allures de férocité bestiale ; le Christ lui-même, participant à cette exagération, a plutôt l'air d'un Milon de Crotone cloué sur un chevalet par des athlètes rivaux, que d'un Dieu se sacrifiant volontairement pour le rachat de l'humanité. Il n'y a là de flamand que le grand chien de Sneyders, qui aboie dans un coin de la composition.

Lorsque les volets de la Descente de croix s'entr'ouvrirent, Tiburce éprouva un éblouissement vertigineux, comme s'il eût regardé dans un gouffre de lumière ; la tête sublime de la Madeleine flamboyait victorieusement dans un océan d'or et semblait illuminer des rayons de ses yeux l'atmosphère grise et blafarde tamisée par les étroites fenêtres gothiques. Tout s'effaça autour de lui ; il se fit un vide complet, les Anglais carrés, l'Anglaise rouge, le bedeau violet, il n'aperçut plus rien.

La vue de cette figure fut pour Tiburce une révélation d'en haut ; des écailles tombèrent de ses yeux, il se trouvait face à face avec son rêve secret, avec son espérance inavouée : l'image insaisissable qu'il avait poursuivie de toute l'ardeur d'une imagination amoureuse, et dont il n'avait pu apercevoir que le profil ou un dernier pli de robe, aussitôt disparu ; la chimère capricieuse et farouche, toujours prête à déployer ses ailes inquiètes, était là devant lui, ne fuyant plus, immobile dans la gloire de sa beauté. Le grand maître avait copié dans son propre cœur la maîtresse pressentie et souhaitée ; il lui semblait avoir peint lui-même le tableau ; la main du génie avait dessiné fermement et à grands traits ce qui n'était qu'ébauché confusément chez lui, et vêtu de couleurs splendides son obscure fantaisie d'inconnu. Il reconnaissait cette tête, qu'il n'avait pourtant jamais vue.

Il resta là, muet, absorbé, insensible, comme un homme tombé en catalepsie, sans remuer les paupières et plongeant les yeux dans le regard infini de la grande repentante.

Un pied du Christ, blanc d'une blancheur exsangue, pur et mat comme une hostie, flottait avec toute la mollesse inerte de la mort sur la blonde épaule de la sainte, escabeau d'ivoire placé là par le maître sublime pour descendre le divin cadavre de l'arbre de rédemption. – Tiburce se sentit jaloux du Christ. – Pour un pareil bonheur, il eût volontiers enduré la passion. – La pâleur bleuâtre des chairs le rassurait à peine. Il fut aussi profondément blessé que la Madeleine ne détournât pas vers lui son œil onctueux et lustré, où le jour mettait ses diamants et la douleur ses perles ; la persistance douloureuse et passionnée de ce regard qui enveloppait le corps bien-aimé d'un suaire de tendresse, lui paraissait mortifiante pour lui et souverainement injuste. Il aurait voulu que le plus imperceptible mouvement lui donnât à entendre qu'elle était touchée de son amour ; il avait déjà oublié qu'il était devant une peinture, tant la passion est prompte à prêter son ardeur même aux objets incapables d'en ressentir. Pygmalion dut être étonné comme d'une chose fort surprenante que sa statue ne lui rendît pas caresse pour caresse ; Tiburce ne fut pas moins atterré de la froideur de son amante peinte.

Agenouillée dans sa robe de satin vert aux plis amples et puissants, elle continuait à contempler le Christ avec une expression de volupté douloureuse comme une maîtresse qui veut se rassasier des traits d'un visage adoré qu'elle ne doit plus revoir ; ses cheveux s'effilaient sur ses épaules en franges lumineuses ; – un rayon de soleil égaré par hasard rehaussait la chaude blancheur de son linge et de ses bras de marbre doré ; – sous la lueur vacillante, sa gorge semblait s'enfler et palpiter avec une apparence de vie ; les larmes de ses yeux fondaient et ruisselaient comme des larmes humaines.

Tiburce crut qu'elle allait se lever et descendre du tableau.

Tout à coup il se fit nuit : la vision s'éteignit.

Les Anglais s'étaient retirés après avoir dit : Very well, a pretty picture, et le bedeau, ennuyé de la longue contemplation de Tiburce, avait poussé les volets et lui demandait la rétribution habituelle. Tiburce lui donna tout ce qu'il avait dans sa poche ; les amants sont généreux avec les duègnes ; – le bedeau anversois était la duègne de la Madeleine, et Tiburce, pensant déjà à une autre entrevue, avait à cœur de se le rendre favorable.

Le Saint Christophe colossal et l'Ermite portant une lanterne, peints sur l'extérieur des panneaux, morceaux cependant fort remarquables, furent loin de consoler Tiburce de la fermeture de cet éblouissant tabernacle, où le génie de Rubens étincelle comme un ostensoir chargé de pierreries.

Il sortit de l'église emportant dans son cœur la flèche barbelée de l'amour impossible : il avait enfin rencontré la passion qu'il cherchait, mais il était puni par où il avait péché : il avait trop aimé la peinture, il était condamné à aimer un tableau. La nature délaissée pour l'art se vengeait d'une façon cruelle ; l'amant le plus timide auprès de la femme la plus vertueuse garde toujours dans un coin de son cœur une furtive espérance : pour Tiburce, il était sûr de la résistance de sa maîtresse et savait parfaitement qu'il ne serait jamais heureux ; aussi sa passion était-elle une vraie passion, une passion extravagante, insensée et capable de tout ; – elle brillait surtout par le désintéressement.

Que l'on ne se moque pas trop de l'amour de Tiburce : combien ne rencontre-t-on pas de gens très épris de femmes qu'ils n'ont vues qu'encadrées dans une loge de théâtre, à qui ils n'ont jamais adressé la parole, et dont ils ne connaissent même pas le son de voix ? ces gens-là sont-ils beaucoup plus raisonnables que notre héros, et leur idole impalpable vaut-elle la Madeleine d'Anvers ?

Tiburce marchait d'un air mystérieux et fier comme un galant qui revient d'un premier rendez-vous. La vivacité de la sensation qu'il éprouvait le surprenait agréablement ; – lui qui n'avait jamais vécu que par le cerveau, il sentait son cœur ; c'était nouveau : aussi se laissa-t-il aller tout entier aux charmes de cette fraîche impression ; une femme véritable ne l'eût pas touché à ce point. Un homme factice ne peut être ému que par une chose factice ; il y a harmonie : le vrai serait discordant. Tiburce, comme nous l'avons dit, avait beaucoup lu, beaucoup vu, beaucoup pensé et peu senti ; ses fantaisies étaient seulement des fantaisies de tête, la passion chez lui ne dépassait guère la cravate ; cette fois il était amoureux réellement, comme un écolier de rhétorique ; l'image éblouissante de la Madeleine voltigeait devant ses yeux en taches lumineuses, comme s'il eût regardé le soleil ; le moindre petit pli, le plus imperceptible détail se dessinait nettement dans sa mémoire, le tableau était toujours présent pour lui. Il cherchait sérieusement dans sa tête les moyens d'animer cette beauté insensible et de la faire sortir de son cadre ; – il songea à Prométhée, qui ravit le feu du ciel pour donner une âme à son œuvre inerte ; à Pygmalion, qui sut trouver le moyen d'attendrir et d'échauffer un marbre ; il eut l'idée de se plonger dans l'océan sans fond des sciences occultes, afin de découvrir un enchantement assez puissant pour donner une vie et un corps à cette vaine apparence. Il délirait, il était fou : vous voyez bien qu'il était amoureux.

Sans arriver à ce degré d'exaltation, n'avez-vous pas vous-même été envahi par un sentiment de mélancolie inexprimable dans une galerie d'anciens maîtres, en songeant aux beautés disparues représentées par leurs tableaux ? Ne voudrait-on pas donner la vie à toutes ces figures pâles et silencieuses qui semblent rêver tristement sur l'outremer verdi ou le noir charbonné qui leur sert de fond ? Ces yeux, dont l'étincelle scintille plus vivement sous le voile de la vétusté, ont été copiés sur ceux d'une jeune princesse ou d'une belle courtisane dont il ne reste plus rien, pas même un seul grain de cendre ; ces bouches, entr'ouvertes par des sourires peints, rappellent de véritables sourires à jamais envolés. Quel dommage, en effet, que les femmes de Raphaël, de Corrège et de Titien ne soient que des ombres impalpables ! et pourquoi leurs modèle n'ont-ils pas reçu comme leurs peintures le privilège de l'immortalité ? – Le sérail du plus voluptueux sultan serait peu de chose à côté de celui que l'on pourrait composer avec les odalisques de la peinture, et il est vraiment dommage que tant de beauté soit perdue.

Tous les jours Tiburce allait à la cathédrale et s'abîmait dans la contemplation de sa Madeleine bien-aimée, et chaque soir il en revenait plus triste, plus amoureux et plus fou que jamais. – Sans aimer de tableaux, plus d'un noble cœur a éprouvé les souffrances de notre ami en voulant souffler son âme à quelque morne idole qui n'avait de la vie que le fantôme extérieur, et ne comprenait pas plus la passion qu'elle inspirait qu'une figure coloriée.

À l'aide de fortes lorgnettes notre amoureux scrutait sa beauté jusque dans les touches les plus imperceptibles. Il admirait la finesse du grain, la solidité et la souplesse de la pâte, l'énergie du pinceau, la vigueur du dessin, comme un autre admire le velouté de la peau, la blancheur et la belle coloration d'une maîtresse vivante : sous prétexte d'examiner le travail de plus près, il obtint une échelle de son ami le bedeau, et, tout frémissant d'amour, il osa porter une main téméraire sur l'épaule de la Madeleine. Il fut très surpris, au lieu du moelleux satiné d'une épaule de femme, de ne trouver qu'une surface âpre et rude comme une lime, gaufrée et martelée en tous sens par l'impétuosité de brosse du fougueux peintre. Cette découverte attrista beaucoup Tiburce, mais, dès qu'il fut redescendu sur le pavé de l'église, son illusion le reprit.

Tiburce passa ainsi plus de quinze jours dans un état de lyrisme transcendantal, tendant des bras éperdus à sa chimère, implorant quelque miracle du ciel. – Dans les moments lucides il se résignait à chercher dans la ville quelque type se rapprochant de son idéal, mais ses recherches n'aboutissaient à rien, car l'on ne trouve pas aisément, le long des rues et des promenades, un pareil diamant de beauté.

Un soir, cependant, il rencontra encore à l'angle de la place de Meïr le charmant regard bleu dont nous avons parlé : cette fois la vision disparut moins vite, et Tiburce eut le temps de voir un délicieux visage encadré d'opulentes touffes de cheveux blonds, un sourire ingénu sur les lèvres les plus fraîches du monde. Elle hâta le pas lorsqu'elle se sentit suivie, mais Tiburce, en se maintenant à distance, put la voir s'arrêter devant une bonne vieille maison flamande, d'apparence pauvre, mais honnête. – Comme on tardait un peu à lui ouvrir, elle se retourna un instant, sans doute par un vague instinct de coquetterie féminine, pour voir si l'inconnu ne s'était pas découragé du trajet assez long qu'elle lui avait fait parcourir. Tiburce, comme illuminé par une lueur subite, s'aperçut qu'elle ressemblait d'une manière frappante – à la Madeleine.

CHAPITRE III

La maison où était entrée la svelte figure avait un air de bonhomie flamande tout à fait patriarcal ; elle était peinte couleur rose sèche avec de petites raies blanches pour figurer les joints de la pierre ; le pignon denticulé en marches d'escalier, le toit fenestré de lucarnes à volute, l'imposte représentant avec une naïveté toute gothique l'histoire de Noé raillé par ses fils, le nid de cigogne, les pigeons se toilettant au soleil, achevaient d'en compléter le caractère ; on eût dit une de ces fabriques si communes dans les tableaux de Van der Heyden ou de Teniers.

Quelques brindilles de houblon tempéraient par leur verdoyant badinage ce que l'aspect général pouvait avoir de trop strict et de trop propre. Des barreaux faisant le ventre grillaient les fenêtres inférieures, et sur les deux premières vitres étaient appliqués des carrés de tulle semés de larges bouquets de broderie à la mode bruxelloise ; dans l'espace laissé vide par le renflement des barres de fer, se prélassaient deux pots de faïence de la Chine contenant quelques œillets étiolés et d'apparence maladive, malgré le soin évident qu'en prenait leur propriétaire ; car leurs têtes languissantes étaient soutenues par des cartes à jouer et un système assez compliqué de petits échafaudages de brins d'osier. – Tiburce remarqua ce détail, qui indiquait une vie chaste et contenue, tout un poème de jeunesse et de pureté.

Comme il ne vit pas ressortir, au bout de deux heures d'attente, la belle Madeleine au regard bleu, il en conclut judicieusement qu'elle devait demeurer là ; ce qui était vrai : il ne s'agissait plus que de savoir son nom, sa position dans le monde, de lier connaissance avec elle et de s'en faire aimer : peu de chose en vérité. Un Lovelace de profession n'y eût pas été empêché cinq minutes ; mais le brave Tiburce n'était pas un Lovelace : au contraire, il était hardi en pensée, timide en action ; personne n'était moins habile à passer du général au particulier, et il avait en affaires d'amour le plus formel besoin d'un honnête Pandarus qui vantât ses perfections et lui arrangeât ses rendez-vous. Une fois en train, il ne manquait pas d'éloquence ; il débitait avec assez d'aplomb la tirade langoureuse, et faisait l'amoureux aussi bien qu'un jeune premier de province ; mais, à l'opposé de Petit-Jean, l'avocat du chien Citron, ce qu'il savait le moins bien, c'était son commencement.

Aussi devons-nous avouer que le bon Tiburce nageait dans une mer d'incertitudes, combinant mille stratagèmes plus ingénieux que ceux de Polybe pour se rapprocher de sa divinité. Ne trouvant rien de présentable, comme don Cléofas du Diable boiteux, il eut l'idée de mettre le feu à la maison, afin d'avoir l'occasion d'arracher son infante du sein des flammes et lui prouver ainsi son courage et son dévouement ; mais il réfléchit qu'un pompier, plus accoutumé que lui à courir sur les poutres embrasées, pourrait le supplanter, et que d'ailleurs cette manière de faire connaissance avec une jolie femme était prévue par le Code.

En attendant mieux, il se grava bien nettement au fond de la cervelle la configuration du logis, prit le nom de la rue et s'en retourna à son auberge assez satisfait, car il avait cru voir se dessiner vaguement derrière le tulle brodé de la fenêtre la charmante silhouette de l'inconnue, et une petite main écarter le coin de la trame transparente, sans doute pour s'assurer de sa persistance vertueuse à monter la faction, sans espoir d'être relevé, au coin d'une rue déserte d'Antwerpen. – Était-ce une fatuité de la part de Tiburce, et n'avait-il pas une de ces bonnes fortunes ordinaires aux myopes qui prennent les linges pendus aux croisées pour l'écharpe de Juliette penchée vers Roméo, et les pots de giroflée pour des princesses en robe de brocart d'or ? Toujours est-il qu'il s'en alla fort joyeux, et se regardant lui-même comme un des séducteurs les plus triomphants. – L'hôtesse des Armes du Brabant et sa servante noire furent étonnées des airs d'Amilcar et de tambour-major qu'il se donnait. Il alluma son cigare de la façon la plus résolue, croisa ses jambes et se mit à faire danser sa pantoufle au bout de son pied avec la superbe nonchalance d'un mortel qui méprise parfaitement la création et qui sait des bonheurs inconnus au vulgaire des hommes ; il avait enfin trouvé le blond. Jason ne fut pas plus heureux en décrochant de l'arbre enchanté la toison merveilleuse.

Notre héros est dans la meilleure des situations possibles : un vrai cigare de la Havane à la bouche, des pantoufles aux pieds, une bouteille de vin du Rhin sur sa table, avec les journaux de la semaine passée et une jolie petite contrefaçon des poésies d'Alfred de Musset.

Il peut boire un verre et même deux de tockayer, lire Namouna ou le compte rendu du dernier ballet ; il n'y a donc aucun inconvénient à ce que nous le laissions seul pour quelques instants : nous lui donnons de quoi se désennuyer, si tant est qu'un amoureux puisse s'ennuyer. Nous retournerons sans lui, car ce n'est pas un homme à nous en ouvrir les portes, à la petite maison de la rue Kipdorp, et nous vous servirons d'introducteur. – Nous vous ferons voir ce qu'il y a derrière les broderies de la fenêtre basse, car pour premier renseignement nous devons vous dire que l'héroïne de cette nouvelle habite au rez-de-chaussée, et qu'elle s'appelle Gretchen, nom qui, pour n'être pas si euphonique qu'Ethelwina ou Azélie, paraît d'une suffisante douceur aux oreilles allemandes et néerlandaises.

Entrez après avoir soigneusement essuyé vos pieds, car la propreté flamande règne ici despotiquement. – En Flandre l'on ne se lave la figure qu'une fois la semaine, mais en revanche les planchers sont échaudés et grattés à vif deux fois par jour. – Le parquet du couloir, comme celui du reste de la maison, est fait de planches de sapin dont on conserve le ton naturel, et dont aucun enduit n'empêche de voir les longues veines pâles et les nœuds étoilés ; il est saupoudré d'une légère couche de sable de mer soigneusement tamisé, dont le grain retient le pied et empêche les glissades si fréquentes dans nos salons, où l'on patine plutôt que l'on ne marche. – La chambre de Gretchen est à droite, c'est cette porte d'un gris modeste dont le bouton de cuivre écuré au tripoli reluit comme s'il était d'or ; frottez encore une fois vos semelles sur ce paillasson de roseaux ; l'empereur lui-même n'entrerait pas avec des bottes crottées.

Regardez un instant ce doux et tranquille intérieur ; rien n'y attire l'œil ; tout est calme, sobre, étouffé ; la chambre de Marguerite elle-même n'est pas d'un effet plus virginalement mélancolique : c'est la sérénité de l'innocence qui préside à tous ces petits détails de charmante propreté.

Les murailles, brunes de ton et revêtues à hauteur d'appui d'un lambris de chêne, n'ont d'autre ornement qu'une madone de plâtre colorié, habillée d'étoffes comme une poupée, avec des souliers de satin, une couronne de moelle de roseau, un collier de verroterie et deux petits vases de fleurs artificielles placés devant elle. Au fond de la pièce, dans le coin le plus noyé d'ombre, s'élève un lit à quenouilles de forme ancienne et garni de rideaux de serge verte et de pentes à grandes dents ourlées de galons jaunes ; au chevet, un christ, dont le bas de la croix forme bénitier, étend ses bras d'ivoire sur le sommeil de la chaste créature.

Un bahut qui miroite comme une glace à contre-jour, tant il est bien frotté ; une table à pieds tors posée auprès de la fenêtre et chargée de pelotes, d'écheveaux de fil et de tout l'attirail de l'ouvrière en dentelle ; un grand fauteuil en tapisserie, quelques chaises à dossier de forme Louis XIII, comme on en voit dans les vieilles gravures d'Abraham Bosse, composent cet ameublement d'une simplicité presque puritaine.

Cependant nous devons ajouter que Gretchen, pour sage qu'elle fût, s'était permis le luxe d'un miroir en cristal de Venise à biseau entouré d'un cadre d'ébène incrusté de cuivre. Il est vrai que, pour sanctifier ce meuble profane, un rameau de buis bénit était piqué dans la bordure.

Figurez-vous Gretchen assise dans le grand fauteuil de tapisserie, les pieds sur un tabouret brodé par elle-même, brouillant et débrouillant avec ses doigts de fée les imperceptibles réseaux d'une dentelle commencée ; sa jolie tête, penchée vers son ouvrage, est égayée en dessous par mille reflets folâtres qui argentent de teintes fraîches et vaporeuses l'ombre transparente qui la baigne ; une délicate fleur de jeunesse veloute la santé un peu hollandaise de ses joues dont le clair-obscur ne peut atténuer la fraîcheur ; la lumière, filtrée avec ménagement par les carreaux supérieurs, satine seulement le haut de son front, et fait briller comme des vrilles d'or les petits cheveux follets en rébellion contre la morsure du peigne. Faites courir un brusque filet de jour sur la corniche et sur le bahut, piquez une paillette sur le ventre des pots d'étain ; jaunissez un peu le christ, fouillez plus profondément les plis roides et droits des rideaux de serge, brunissez la pâleur modernement blafarde du vitrage, jetez au fond de la pièce la vieille Barbara armée de son balai, concentrez toute la clarté sur la tête, sur les mains de la jeune fille, et vous aurez une toile flamande du meilleur temps, que Terburg ou Gaspard Netscher ne refuserait pas de signer.

Quelle différence entre cet intérieur si net, si propre, si facilement compréhensible, et la chambre d'une jeune fille française, toujours encombrée de chiffons, de papier de musique, d'aquarelles commencées, où chaque objet est hors de sa place, où les robes dépliées pendent sur le dos des chaises, où le chat de la maison déchiffre avec ses griffes le roman oublié à terre ! – Comme l'eau où trempe cette rose à moitié effeuillée est limpide et cristalline ! comme ce linge est blanc, comme ces verreries sont claires ! – Pas un atome voltigeant, pas une peluche égarée.

Metzu, qui peignait dans un pavillon situé au milieu d'une pièce d'eau pour conserver l'intégrité de ses teintes, eût travaillé sans inquiétude dans la chambre de Gretchen. La plaque de fonte du fond de la cheminée y reluit comme un bas-relief d'argent.

Maintenant une crainte vient nous saisir : est-ce bien l'héroïne qui convient à note héros ? Gretchen est-elle véritablement l'idéal de Tiburce ? Tout cela n'est-il pas bien minutieux, bien bourgeois, bien positif ? N'est-ce pas là plutôt le type hollandais que le type flamand, et pensez-vous, en conscience, que les modèles de Rubens fussent ainsi faits ? N'était-ce pas de préférence de joyeuses commères, hautes en couleur, abondantes en appas, d'une santé violente, à l'allure dégingandée et commune, dont le génie du peintre a corrigé la réalité triviale ? Les grands maîtres nous jouent souvent de ces tours-là. D'un site insignifiant ils font un paysage délicieux ; d'une ignoble servante, une Vénus ; ils ne copient pas ce qu'ils voient, mais ce qu'ils désirent.

Pourtant Gretchen, quoique plus mignonne et plus délicate, ressemble vraiment beaucoup à la Madeleine de Notre-Dame d'Anvers, et la fantaisie de Tiburce peut s'y arrêter sans déception. Il lui sera difficile de trouver un corps plus magnifique au fantôme de sa maîtresse peinte.

Vous désirez sans doute, maintenant que vous connaissez aussi bien que nous-même Gretchen et sa chambre, – l'oiseau et le nid, – avoir quelques détails sur sa vie et sa position. – Son histoire est la plus simple du monde : – Gretchen, fille de petits marchands qui ont éprouvé des malheurs, est orpheline depuis quelques années ; elle vit avec Barbara, vieille servante dévouée, d'une petite rente, débris de l'héritage paternel, et du produit de son travail ; comme Gretchen fait ses robes et ses dentelles, qu'elle passe même chez les Flamands pour un prodige de soin et de propreté, elle peut, quoique simple ouvrière, être mise avec une certaine élégance et ne guère différer des filles de bourgeois : son linge est fin, ses coiffes se font toujours remarquer par leur blancheur ; ses brodequins sont les mieux faits de la ville ; car, dût ce détail déplaire à Tiburce, nous devons avouer que Gretchen a un pied de comtesse andalouse, et se chausse en conséquence. C'est du reste une fille bien élevée ; elle sait lire, écrit joliment, connaît tous les points possibles de broderie, n'a pas de rivale au monde pour les travaux d'aiguille et ne joue pas du piano. Ajoutons qu'elle a en revanche un talent admirable pour les tartes de poires, les carpes au bleu et les gâteaux de pâte ferme, car elle se pique de cuisine comme toutes les bonnes ménagères, et sait préparer, d'après les recettes particulières, mille petites friandises fort recherchées.

Ces détails paraîtront sans doute d'une aristocratie médiocre, mais notre héroïne n'est ni une princesse diplomatique, ni une délicieuse femme de trente ans, ni une cantatrice à la mode ; c'est tout uniment une simple ouvrière de la rue Kipdorp, près du rempart, à Anvers ; mais, comme à nos yeux les femmes n'ont de distinction réelle que leur beauté, Gretchen équivaut à une duchesse à tabouret, et nous lui comptons ses seize ans pour seize quartiers de noblesse.

Quel est l'état du cœur de Gretchen ? – L'état de son cœur est des plus satisfaisants ; elle n'a jamais aimé que des tourterelles café au lait, des poissons rouges et d'autres menus animaux d'une innocence parfaite, dont le jaloux le plus féroce ne pourrait s'inquiéter. Tous les dimanches, elle va entendre la grand'messe à l'église des Jésuites, modestement enveloppée dans sa faille et suivie de Barbara qui porte son livre, puis elle revient et feuillette une Bible « où l'on voit Dieu le Père en habit d'empereur », et dont les images gravées sur bois font pour la millième fois son admiration. Si le temps est beau, elle va se promener du côté du fort de Lillo ou de la Tête de Flandre en compagnie d'une jeune fille de son âge, aussi ouvrière en dentelle : dans la semaine, elle ne sort guère que pour aller reporter son ouvrage ; encore Barbara se charge-t-elle la plupart du temps de cette commission. – Une fille de seize ans qui n'a jamais songé à l'amour serait improbable sous un climat plus chaud ; mais l'atmosphère de Flandre, alourdie par les fades exhalaisons des canaux, voiture très peu de parcelles aphrodisiaques : les fleurs y sont tardives et viennent grasses, épaisses, pulpeuses ; leurs parfums, chargés de moiteur, ressemblent à des odeurs d'infusions aromatiques ; les fruits sont aqueux ; la terre et le ciel, saturés d'humidité, se renvoient des vapeurs qu'ils ne peuvent absorber, et que le soleil essaie en vain de boire avec ses lèvres pâles ; – les femmes plongées dans ce bain de brouillard n'ont pas de peine à être vertueuses, car, selon Byron, – ce coquin de soleil est un grand séducteur, et il a fait plus de conquêtes que don Juan.

Il n'est donc pas étonnant que Gretchen, dans une atmosphère si morale, soit restée étrangère à toute idée d'amour, même sous la forme du mariage, forme légale et permise s'il en fut. Elle n'a pas lu de mauvais romans ni même de bons ; elle ne possède aucun parent mâle, cousin, ni arrière-cousin. Heureux Tiburce ! – D'ailleurs, les matelots avec leur courte pipe culottée, les capitaines au long cours qui promènent leur désœuvrement, et les dignes négociants qui se rendent à la Bourse agitant des chiffres dans les plis de leur front, et jettent, en longeant le mur, leur silhouette fugitive dans l'espion de Gretchen, ne sont guère faits pour enflammer l'imagination.

Avouons cependant que, malgré sa virginale ignorance, l'ouvrière en dentelle avait distingué Tiburce comme un cavalier bien tourné et de figure régulière ; elle l'avait vu plusieurs fois à la cathédrale en contemplation devant la Descente de croix, et attribuait son attitude extatique à un excès de dévotion bien édifiant dans un jeune homme. Tout en faisant circuler ses bobines, elle pensait à l'inconnu de la place de Meïr, et s'abandonnait à d'innocentes rêveries. – Un jour même, sous l'impression de cette idée, elle se leva, et sans se rendre compte de son action, fut à son miroir qu'elle consulta longuement ; elle se regarda de face, de trois quarts, sous tous les jours possibles, et trouva, ce qui était vrai, que son teint était plus soyeux qu'une feuille de papier de riz ou de camélia ; qu'elle avait des yeux bleus d'une admirable limpidité, des dents charmantes dans une bouche de pêche, et des cheveux du blond le plus heureux. – Elle s'apercevait pour la première fois de sa jeunesse et de sa beauté ; elle prit la rose blanche qui trempait dans le beau verre de cristal, la plaça dans ses cheveux et sourit de se voir si bien parée avec cette simple fleur : la coquetterie était née ; – l'amour allait bientôt la suivre.

Mais voici bien longtemps que nous avons quitté Tiburce ; qu'a-t-il fait à l'hôtel des Armes du Brabant pendant que nous donnions ces renseignements sur l'ouvrière en dentelle ? il a écrit sur une fort belle feuille de papier quelque chose qui doit être une déclaration d'amour, à moins que ce ne soit un cartel ; car plusieurs feuilles barbouillées et chargées de ratures, qui gisent à terre, montrent que c'est une pièce de rédaction très difficile et très importante. Après l'avoir achevée, il a pris son manteau et s'est dirigé de nouveau vers la rue Kipdorp.

La lampe de Gretchen, étoile de paix et de travail, rayonnait doucement derrière le vitrage, et l'ombre de la jeune fille penchée vers son œuvre de patience se projetait sur le tulle transparent. Tiburce, plus ému qu'un voleur qui va tourner la clef d'un trésor, s'approcha à pas de loup du grillage, passa la main entre les barreaux et enfonça dans la terre molle du vase d'œillets le coin de sa lettre pliée en trois doubles, espérant que Gretchen ne pourrait manquer de l'apercevoir lorsqu'elle ouvrirait la fenêtre le matin pour arroser les pots de fleurs.

Cela fait, il se retira d'un pas aussi léger que si les semelles de ses bottes eussent été doublées de feutre.

CHAPITRE IV

La lueur bleue et fraîche du matin faisait pâlir le jaune maladif des lanternes tirant à leur fin ; l'Escaut fumait comme un cheval en sueur, et le jour commençait à filtrer par les déchirures du brouillard, lorsque la fenêtre de Gretchen s'entrouvrit. Gretchen avait encore les yeux noyés de langueur, et la gaufrure imprimée à sa joue délicate par un pli de l'oreiller attestait qu'elle avait dormi sans changer de place dans son petit lit virginal, de ce sommeil dont la jeunesse a seule le secret. – Elle voulait voir comment ses chers œillets avaient passé la nuit, et s'était enveloppée à la hâte du premier vêtement venu ; ce gracieux et pudique désordre lui allait à merveille, et, si l'idée d'une déesse peut s'accorder avec un petit bonnet de toile de Flandre enjolivé de malines et un peignoir de basin blanc, nous vous dirons qu'elle avait l'air de l'Aurore entr'ouvrant les portes de l'Orient ; – cette comparaison est peut-être un peu trop majestueuse pour une ouvrière en dentelle qui va arroser un jardin contenu dans deux pots de faïence ; mais à coup sûr l'Aurore était moins fraîche et moins vermeille, – surtout l'Aurore de Flandre, qui a toujours les yeux un peu battus.

Gretchen, armée d'une grande carafe, se préparait à arroser ses œillets, et il ne s'en fallut pas de beaucoup pour que la chaleureuse déclaration de Tiburce ne fût noyée sous un moral déluge d'eau froide ; heureusement la blancheur du papier frappa Gretchen, qui déplanta la lettre et fut bien surprise lorsqu'elle en eut vu le contenu. Il n'y avait que deux phrases, l'une en français, l'autre en allemand ; la phrase française était composée de deux mots : – Je t'aime ; la phrase allemande de trois : Ich dich liebe, – ce qui veut dire exactement la même chose. Tiburce avait pensé au cas où Gretchen n'entendrait que sa langue maternelle ; c'était, comme vous voyez, un homme d'une prudence parfaite !

Vraiment c'était bien la peine de barbouiller plus de papier que Malherbe n'en usait à fabriquer une stance, et de boire, sous prétexte de s'exciter l'imagination, une bouteille d'excellent tockayer, pour aboutir à cette pensée ingénieuse et nouvelle. Eh bien ! malgré son apparente simplicité, la lettre de Tiburce était peut-être un chef d'œuvre de rouerie, à moins qu'elle ne fût une bêtise, – ce qui est encore possible. Cependant, n'était-ce pas un coup de maître que de laisser tomber ainsi, comme une goutte de plomb brûlant, au milieu de cette tranquillité d'âme, ce seul mot : – Je t'aime, – et sa chute ne devait-elle pas produire, comme à la surface d'un lac, une infinité d'irradiations et de cercles concentriques ?

En effet, que contiennent toutes les plus ardentes épîtres d'amour ? que reste-t-il de toutes les ampoules de la passion, quand on les pique avec l'épingle de la raison ? Toute l'éloquence de Saint-Preux se réduit à un mot, et Tiburce avait réellement atteint à une grande profondeur en concentrant dans cette courte phrase la rhétorique fleurie de ses brouillons primitifs.

Il n'avait pas signé ; d'ailleurs, qu'eût appris son nom ? il était étranger dans la ville, il ne connaissait pas celui de Gretchen, et, à vrai dire, s'en inquiétait peu. – La chose était plus romanesque, plus mystérieuse ainsi. L'imagination la moins fertile pouvait bâtir là-dessus vingt volumes in-octavo plus ou moins vraisemblables. – Était-ce un sylphe, un pur esprit, un ange amoureux, un beau capitaine, un fils de banquier, un jeune lord, pair d'Angleterre et possesseur d'un million de rente ; un boyard russe avec un nom en off, beaucoup de roubles et une multitude de collets de fourrure ? Telles étaient les graves questions que cette lettre d'une éloquence si laconique allait immanquablement soulever. – Le tutoiement, qui ne s'adresse qu'à la Divinité, montrait une violence de passion que Tiburce était loin d'éprouver, mais qui pouvait produire le meilleur effet sur l'esprit de la jeune fille, – l'exagération paraissant toujours plus naturelle aux femmes que la vérité.

Gretchen n'hésita pas un instant à croire le jeune homme de la place de Meïr auteur du billet : les femmes ne se trompent point en pareille matière, elles ont un instinct, un flair merveilleux, qui supplée à l'usage du monde et à la connaissance des passions. La plus sage en sait plus long que don Juan avec sa liste.

Nous avons peint notre héroïne comme une jeune fille très naïve, très ignorante et très honnête : nous devons pourtant avouer qu'elle ne ressentit point l'indignation vertueuse que doit éprouver une femme qui reçoit un billet écrit en deux langues, et contenant une aussi formelle incongruité. – Elle sentit plutôt un mouvement de plaisir, et un léger nuage rose passa sur sa figure. Cette lettre était pour elle comme un certificat de beauté ; elle la rassurait sur elle-même et lui donnait un rang ; c'était le premier regard qui eût plongé dans sa modeste obscurité ; la modicité de sa fortune empêchait qu'on ne la recherchât. – Jusque-là on ne l'avait considérée que comme une enfant, Tiburce la sacrait jeune fille ; elle eut pour lui cette reconnaissance que la perle doit avoir pour le plongeur qui l'a découverte dans son écaille grossière sous le ténébreux manteau de l'Océan.

Ce premier effet passé, Gretchen éprouva une sensation bien connue de tous ceux dont l'enfance a été maintenue sévèrement, et qui n'ont jamais eu de secret ; la lettre la gênait comme un bloc de marbre, elle ne savait qu'en faire. Sa chambre ne lui paraissait pas avoir d'assez obscurs recoins, d'assez impénétrables cachettes pour la dérober aux yeux : elle la mit dans le bahut derrière une pile de linge ; mais au bout de quelques instants elle la retira ; la lettre flamboyait à travers les planches de l'armoire comme le microcosme du docteur Faust dans l'eau-forte de Rembrandt. Gretchen chercha un autre endroit plus sûr ; Barbara pouvait avoir besoin de serviettes ou de draps, et la trouver. – Elle prit une chaise, monta dessus et posa la lettre sur la corniche de son lit ; le papier lui brûlait les mains comme une plaque de fer rouge. – Barbara entra pour faire la chambre. – Gretchen, affectant l'air le plus détaché du monde, se mit à sa place ordinaire, et reprit son travail de la veille ; mais à chaque pas que Barbara faisait du côté du lit, elle tombait dans des transes horribles, ses artères sifflaient dans ses tempes, la chaude sueur de l'angoisse lui perlait sur le front, ses doigts s'enchevêtraient dans les fils, il lui semblait qu'une main invisible lui serrât le cœur. – Barbara lui paraissait avoir une mine inquiète et soupçonneuse qui ne lui était pas habituelle. – Enfin la vieille sortit, un panier au bras, pour aller faire son marché. – La pauvre Gretchen respira et reprit sa lettre qu'elle serra dans sa poche ; mais bientôt elle la démangea ; les craquements du papier l'effrayaient, elle la mit dans sa gorge ; car c'est là que les femmes logent tout ce qui les embarrasse. – Un corset est une armoire sans clef, un arsenal complet de fleurs, de tresses de cheveux, de médaillons et d'épîtres sentimentales, une espèce de boîte aux lettres où l'on jette à la poste toute la correspondance du cœur.

Pourquoi donc Gretchen ne brûlait-elle pas ce chiffon de papier insignifiant qui lui causait une si vive terreur ? D'abord Gretchen n'avait pas encore éprouvé de sa vie une si poignante émotion ; elle était à la fois effrayée et ravie ; – puis dites-nous pourquoi les amants s'obstinent à ne pas détruire les lettres qui, plus tard, peuvent les faire découvrir et causer leur perte ? C'est qu'une lettre est une âme visible ; c'est que la passion a traversé de son fluide électrique cette vaine feuille et lui a communiqué la vie. Brûler une lettre, c'est faire un meurtre moral ; dans les cendres d'une correspondance anéantie il y a toujours quelques parcelles de deux âmes.

Gretchen garda donc sa lettre dans le pli de son corset, à côté d'une petite croix d'or bien étonnée de se trouver en voisinage d'un billet d'amour.

En jeune homme bien appris, Tiburce laissa le temps à sa déclaration d'opérer. Il fit le mort et ne reparut plus dans la rue Kipdorp. Gretchen commençait à s'inquiéter, lorsqu'un beau matin elle aperçut dans le treillage de la fenêtre un magnifique bouquet de fleurs exotiques. – Tiburce avait passé par là, c'était sa carte de visite.

Ce bouquet fit beaucoup de plaisir à la jeune ouvrière, qui s'était accoutumée à l'idée de Tiburce, et dont l'amour-propre était secrètement choqué du peu d'empressement qu'il avait montré après un si chaud début ; elle prit la gerbe de fleurs, remplit d'eau un de ses jolis pots de Saxe rehaussés de dessins bleus, délia les tiges et les mit tremper pour les conserver plus longtemps. – Elle fit, à cette occasion, le premier mensonge de sa vie, en disant à Barbara que ce bouquet était un présent d'une dame chez qui elle avait porté de la dentelle et qui connaissait son goût pour les fleurs.

Dans la journée, Tiburce vint faire le pied de grue devant la maison, sous prétexte de tirer le crayon de quelque architecture bizarre ; il resta là fort longtemps, labourant avec un style épointé un méchant carré de vélin. – Gretchen fit la morte à son tour ; pas un pli ne remua, pas une fenêtre ne s'ouvrit ; la maison semblait endormie. Retranchée dans un angle, elle put, au moyen du miroir de son espion, considérer Tiburce tout à son aise. – Elle vit qu'il était grand, bien fait, avec un air de distinction sur toute sa personne, la figure régulière, l'œil triste et doux, la physionomie mélancolique, – ce qui la toucha beaucoup, accoutumée qu'elle était à la santé rubiconde des visages brabançons. – D'ailleurs, Tiburce, quoiqu'il ne fût ni un lion ni un merveilleux, ne manquait pas d'élégance naturelle, et devait paraître un fashionable accompli à une jeune fille aussi naïve que Gretchen : au boulevard de Gand il eût semblé à peine suffisant, rue Kipdorp il était superbe.

Au milieu de la nuit, Gretchen, par un enfantillage adorable, se leva pieds nus pour aller regarder son bouquet ; elle plongea sa figure dans les touffes et elle baisa Tiburce sur les lèvres rouges d'un magnifique dahlia ; – elle roula sa tête avec passion dans les vagues bigarrées de ce bain de fleurs, savourant à longs traits leurs enivrants parfums, aspirant à pleines narines jusqu'à sentir son cœur se fondre et ses yeux s'alanguir. Quand elle se redressa, ses joues scintillaient tout emperlées de gouttelettes, et son petit nez charmant, barbouillé le plus gentiment du monde par la poussière d'or des étamines, était d'un très beau jaune. Elle s'essuya en riant, se recoucha et se rendormit ; vous pensez bien qu'elle vit passer Tiburce dans tous ses rêves.

Dans tout ceci qu'est devenue la Madeleine de la Desccente de croix ? Elle règne toujours sans rivale au cœur de notre jeune enthousiaste ; elle a sur les plus belles femmes vivantes l'avantage d'être impassible : – avec elle point de déception, point de satiété ! elle ne désenchante pas par des phrases vulgaires ou ridicules ; elle est là immobile, gardant religieusement la ligne souveraine dans laquelle l'a renfermée le grand maître, sûre d'être éternellement belle et racontant au monde, dans son langage silencieux, le rêve d'un sublime génie.

La petite ouvrière de la rue Kipdorp est vraiment une charmante créature ; mais comme ses bras sont loin d'avoir ce contour onduleux et souple, cette puissante énergie enveloppée de grâce ! Comme ses épaules ont encore la gracilité juvénile ! et que le blond de ses cheveux est pâle auprès des tons étranges et riches dont Rubens a réchauffé la ruisselante chevelure de la sainte pécheresse ! – Tel est le langage que tenait Tiburce à part lui, en se promenant sur le quai de l'Escaut.

Pourtant, voyant qu'il n'avançait guère dans ses amours en peinture, il se fit les raisonnements les plus sensés du monde sur son insigne folie. Il revint à Gretchen, non sans pousser un long soupir de regret ; il ne l'aimait pas, mais du moins elle lui rappelait son rêve comme une fille rappelle une mère adorée qui est morte. – Nous n'insisterons pas sur les détails de cette liaison, chacun peut aisément les supposer. – Le hasard, ce grand entremetteur, fournit à nos deux amants une occasion très naturelle de se parler. – Gretchen était allée se promener, selon son habitude, à la Tête de Flandre, de l'autre côté de l'Escaut, avec sa jeune amie. – Elles avaient couru après les papillons, fait des couronnes de bluets, et s'étaient roulées sur le foin des meules, tant et si bien que le soir était venu, et que le passeur avait fait son dernier voyage sans qu'elles l'eussent remarqué. – Elles étaient là toutes deux assez inquiètes, un bout du pied dans l'eau, et criant de toute la force de leurs petites voix argentines qu'on eût à les venir prendre ; mais la folle brise emportait leurs cris, et rien ne leur répondait que la plainte douce du flot sur le sable. Heureusement Tiburce courait des bordées dans un petit canot à voiles ; il les entendit et leur offrit de les passer ! ce que l'amie s'empressa d'accepter, malgré l'air embarrassé et la rougeur de Gretchen. Tiburce la reconduisit chez elle et eut soin d'organiser une partie de canot pour le dimanche suivant, avec l'agrément de Barbara, que son assiduité aux églises et sa dévotion au tableau de la Descente de croix avaient très favorablement disposée.

Tiburce n'éprouva pas une grande résistance de la part de Gretchen. Elle était si pure qu'elle ne se défendit pas, faute de savoir qu'on l'attaquait, et d'ailleurs elle aimait Tiburce ; – car, bien qu'il parlât fort gaiement et qu'il s'exprimât sur toutes choses avec une légèreté ironique, elle le devinait malheureux, et l'instinct de la femme, c'est d'être consolatrice : la douleur les attire comme le miroir les alouettes.

Quoique le jeune Français fût plein d'attentions pour elle et la traitât avec une extrême douceur, elle sentait qu'elle ne le possédait pas entièrement, et qu'il y avait dans son âme des recoins où elle ne pénétrait jamais. – Quelque pensée supérieure et cachée paraissait l'occuper, et il était évident qu'il faisait des voyages fréquents dans un monde inconnu ; sa fantaisie enlevée par des battements d'ailes involontaires perdait pied à chaque instant et battait le plafond, cherchant, comme un oiseau captif, une issue pour se lancer dans le bleu du ciel. – Souvent il l'examinait avec une attention étrange pendant des heures entières, ayant l'air tantôt satisfait, tantôt mécontent. – Ce regard-là n'était pas le regard d'un amant. – Gretchen ne s'expliquait pas ces façons d'agir, mais, comme elle était sûre de la loyauté de Tiburce, elle ne s'en alarmait pas autrement.

Tiburce, prétendant que le nom de Gretchen était difficile à prononcer, l'avait baptisée Madeleine, substitution qu'elle avait acceptée avec plaisir, sentant une secrète douceur à être appelée par son amant d'un nom mystérieux et différent, comme si elle était pour lui une autre femme. – Il faisait aussi de fréquentes visites à la cathédrale, irritant sa manie par d'impuissantes contemplations ; ces jours-là Gretchen portait la peine des rigueurs de la Madeleine : le réel payait pour l'idéal. – Il était maussade, ennuyé, ennuyeux, ce que la bonne créature attribuait à des maux de nerfs ou bien à des lectures trop prolongées.

Cependant Gretchen est une charmante fille qui vaut d'être aimée pour elle-même. Dans toutes les Flandres, le Brabant et le Hainaut, vous ne trouveriez pas une peau plus blanche et plus fraîche, et des cheveux d'un plus beau blond ; elle a une main potelée et fine à la fois, avec des ongles d'agate, une vraie main de princesse, et – perfection rare au pays de Rubens – un petit pied.

Ah ! Tiburce, Tiburce, qui voulez enfermer dans vos bras un idéal réel, et baiser votre chimère à la bouche, prenez garde, les chimères, malgré leur gorge ronde, leurs ailes de cygne et leur sourire scintillant, ont les dents aiguës et les griffes tranchantes. Les méchantes pomperont le pur sang de votre cœur et vous laisseront plus sec et plus creux qu'une éponge ; n'ayez pas de ces ambitions effrénées, ne cherchez pas à faire descendre les marbres de leurs piédestaux, et n'adressez pas des supplications à des toiles muettes : tous vos peintres et vos poètes étaient malades du même mal que vous ; ils ont voulu faire une création à part dans la création de Dieu. – Avec le marbre, avec la couleur, avec le rythme, ils ont traduit et fixé leur rêve de beauté : leurs ouvrages ne sont pas les portraits des maîtresses qu'ils avaient, mais de celles qu'ils auraient voulu avoir, et c'est en vain que vous chercheriez leurs modèles sur la terre. Allez acheter un autre bouquet pour Gretchen qui est une belle et douce fille ; laissez là les morts et les fantômes, et tâchez de vivre avec les gens de ce monde.

CHAPITRE V

Oui, Tiburce, dût la chose vous étonner beaucoup, Gretchen vous est très supérieure. Elle n'a pas lu les poètes et ne connaît seulement pas les noms d'Homère ou de Virgile ; les complaintes du Juif Errant, d'Henriette et Damon, imprimées sur bois et grossièrement coloriées, forment toute sa littérature, en y joignant le latin de son livre de messe, qu'elle épelle consciencieusement chaque dimanche ; Virginie n'en savait guère plus au fond de son paradis de magnoliers et de jam-roses.

Vous êtes, il est vrai, très au courant des choses de la littérature. Vous possédez à fond l'esthétique, l'ésotérique, la plastique, l'architectonique et la poétique ; Marphurius et Pancrace n'ont pas une plus belle liste de connaissances en ique. Depuis Orphée et Lycophron jusqu'au dernier volume de M. de Lamartine, vous avez dévoré tout ce qui s'est forgé de mètres, aligné de rimes et jeté de strophes dans tous les moules possibles ; aucun roman ne vous est échappé. Vous avez parcouru de l'un à l'autre bout le monde immense de la fantaisie ; vous connaissez tous les peintres depuis André Rico de Candie et Bizzamano, jusqu'à MM. Ingres et Delacroix ; vous avez étudié la beauté aux sources les plus pures : les bas-reliefs d'Égine, les frises du Parthénon, les vases étrusques, les sculptures hiératiques de l'Égypte, l'art grec et l'art romain, le gothique et la renaissance ; vous avez tout analysé, tout fouillé ; vous êtes devenu une espèce de maquignon de beauté dont les peintres prennent conseil lorsqu'ils veulent faire choix d'un modèle, comme l'on consulte un écuyer pour l'achat d'un cheval. Assurément, personne ne connaît mieux que vous le côté physique de la femme ; – vous êtes sur ce point de la force d'un statuaire athénien ; mais vous avez, tant la poésie vous occupait, supprimé la nature, le monde et la vie. Vos maîtresses n'ont été pour vous que des tableaux plus ou moins réussis ; – pour les belles et les jolies, votre amour était dans la proportion d'un Titien à un Boucher ou à un Vanloo ; mais vous ne vous êtes jamais inquiété si quelque chose palpitait et vibrait sous ces apparences. – Quoique vous ayez le cœur bon, la douleur et la joie vous semblent deux grimaces qui dérangent la tranquillité des lignes : la femme est pour vous une statue tiède.

Ah ! malheureux enfant, jetez vos livres au feu, déchirez vos gravures, brisez vos plâtres, oubliez Raphaël, oubliez Homère, oubliez Phidias, puisque vous n'avez pas le courage de prendre un pinceau, une plume ou un ébauchoir ; à quoi vous sert cette admiration stérile ? où aboutiront ces élans insensés ? N'exigez pas de la vie plus qu'elle ne peut donner. Les grands génies ont seuls le droit de n'être pas contents de la création. Ils peuvent aller regarder le sphinx entre les deux yeux, car ils devinent ses énigmes. – Mais vous n'êtes pas un grand génie ; soyez simple de cœur, aimez qui vous aime, et comme dit Jean-Paul, ne demandez ni clair de lune, ni gondole sur le lac Majeur, ni rendez-vous à l'Isola Bella.

Faites-vous avocat philanthrope ou portier, mettez vos ambitions à devenir électeur et caporal dans votre compagnie ; ayez ce que dans le monde on appelle un état, devenez un bon bourgeois. À ce mot, sans doute, votre longue chevelure va se hérisser d'horreur, car vous avez pour le bourgeois le même mépris que le Bursch allemand professe pour le Philistin, le militaire pour le pékin, et le brahme pour le paria. Vous écrasez d'un ineffable dédain tout honnête commerçant qui préfère un couplet de vaudeville à un tercet du Dante, et la mousseline des peintres de portraits à la mode à un écorché de Michel-Ange. Un pareil homme est pour vous au-dessous de la brute ; cependant il est de ces bourgeois dont l'âme (ils en ont) est riche de poésie, qui sont capables d'amour et de dévouement, et qui éprouvent des émotions dont vous êtes incapable, vous dont la cervelle a anéanti le cœur.

Voyez Gretchen qui n'a fait toute sa vie qu'arroser des œillets et croiser des fils ; elle est mille fois plus poétique que vous, monsieur l'artiste, comme on dit maintenant ; – elle croit, elle espère, elle a le sourire et les larmes ; un mot de vous fait le soleil et la pluie sur son charmant visage ; elle est là dans son grand fauteuil de tapisserie, à côté de sa fenêtre, sous un jour mélancolique, accomplissant sa tâche habituelle ; mais comme sa jeune tête travaille ! comme son imagination marche ! que de châteaux en Espagne elle élève et renverse ! La voici qui rougit et qui pâlit, qui a chaud et qui a froid comme l'amoureuse de l'ode antique ; sa dentelle lui échappe des mains, elle a entendu sur la brique du trottoir un pas qu'elle distingue entre mille, avec toute l'acutesse de perception que la passion donne aux sens ; quoique vous arriviez à l'heure dite, il y a longtemps que vous êtes attendu. Toute la journée vous avez été son occupation unique ; elle se demandait : « Où est-il maintenant ? – que fait-il ? – pense-t-il à moi qui pense à lui ? – Peut-être est-il malade ; – hier il m'a semblé plus pâle qu'à l'ordinaire, il avait l'air triste et préoccupé en me quittant ; – lui serait-il arrivé quelque chose ? – aurait-il reçu de Paris des nouvelles désagréables ? » – et toutes ces questions que se pose la passion dans sa sublime inquiétude.

Cette pauvre enfant si opulente de cœur a déplacé le centre de son existence, elle ne vit plus qu'en vous et par vous. – En vertu du magnifique mystère de l'incarnation d'amour, son âme habite votre corps, son esprit descend sur vous et vous visite ; – elle se jetterait au-devant de l'épée qui menacerait votre poitrine, le coup qui vous atteindrait la ferait mourir, – et cependant vous ne l'avez prise que comme un jouet, pour la faire servir de mannequin à votre fantaisie. Pour mériter tant d'amour, vous avez lancé quelques œillades, donné quelques bouquets et débité d'un ton chaleureux des lieux communs de roman. – Un mieux aimant eût échoué peut-être ; car, hélas ! pour inspirer de l'amour, il faut n'en pas ressentir soi-même. – Vous avez de sang-froid troublé à tout jamais la limpidité de cette modeste existence. – En vérité, maître Tiburce, adorateur du blond et contempteur du bourgeois, vous avez fait là une méchante action ; nous sommes fâché de vous le dire.

Gretchen n'était pas heureuse ; elle devinait entre elle et son amant une rivale invisible, la jalousie la prit : elle épia les démarches de Tiburce, et vit qu'il n'allait qu'à son hôtel des Armes du Brabant et à la cathédrale sur la place de Meïr. – Elle se rassura.

« Qu'avez-vous donc, lui dit-elle une fois, à regarder toujours la figure de la sainte Madeleine qui soutient le corps du Sauveur dans le tableau de la Descente de croix ?

– C'est qu'elle te ressemble, » avait répondu Tiburce.

Gretchen rougit de plaisir et courut à la glace vérifier la justesse de ce rapprochement ; elle reconnut qu'elle avait les yeux onctueux et lustrés, les cheveux blonds, le front bombé, toute la coupe de figure de la sainte.

« C'est donc pour cela que vous m'appelez Madeleine et non pas

Gretchen ou Marguerite qui est mon véritable nom ?

— Précisément, répondit Tiburce d'un air embarrassé.

— Je n'aurais jamais cru être si belle, fit Gretchen, et cela me rend toute joyeuse, car vous m'en aimerez mieux. »

La sérénité se rétablit pour quelque temps dans l'âme de la jeune fille, et nous devons avouer que Tiburce fit de vertueux efforts pour combattre sa passion insensée. La crainte de devenir monomane se présenta à son esprit ; et, pour couper court à cette obsession, il résolut de retourner à Paris.

Avant de partir, il se rendit une dernière fois à la cathédrale, et se fit ouvrir les volets de la Descente de croix par son ami le bedeau.

La Madeleine lui sembla plus triste et plus éplorée que de coutume ; de grosses larmes coulaient sur ses joues pâlies, sa bouche était contractée par un spasme douloureux, un iris bleuâtre entourait ses yeux attendris, le rayon du soleil avait quitté ses cheveux, et il y avait, dans toute son attitude, un air de désespoir et d'affaissement ; on eût dit qu'elle ne croyait plus à la résurrection de son bien-aimé. — En effet, le Christ avait ce jour-là des tons si blafards, si verdâtres, qu'il était difficile d'admettre que la vie pût revenir jamais dans ses chairs décomposées. Tous les autres personnages du tableau partageaient cette crainte ; ils avaient des regards ternes, des mines lugubres, et leurs auréoles ne lançaient plus que des lueurs plombées : la lividité de la mort s'était étendue sur cette toile naguère si chaude et si vivace.

Tiburce fut touché de l'expression de suprême tristesse répandue sur la physionomie de la Madeleine, et sa résolution de départ en fut ébranlée. Il aima mieux l'attribuer à une sympathie occulte qu'à un jeu de lumière. — Le temps était gris, la pluie hachait le ciel à fils menus, et un filet de jour trempé d'eau et de brouillard filtrait péniblement à travers les vitres inondées et fouettées par l'aile de la rafale ; cette raison était beaucoup trop plausible pour être admise par Tiburce.

« Ah ! se dit-il à voix basse, – en se servant du vers d'un de nos jeunes poètes,

Comme je t'aimerais demain, si tu vivais !
Pourquoi n'es-tu qu'une ombre impalpable, attachée à jamais aux réseaux de cette toile et captive derrière cette mince couche de vernis ? – Pourquoi as-tu le fantôme de la vie sans pouvoir vivre ? – Que te sert d'être belle, noble et grande, d'avoir dans les yeux la flamme de l'amour terrestre et de l'amour divin, et sur la tête la splendide auréole du repentir, – n'étant qu'un peu d'huile et de couleur étalées d'une certaine manière ? – Ô belle adorée, tourne un peu vers moi ce regard si velouté et si éclatant à la fois ; – pécheresse, aie pitié d'une folle passion, toi à qui l'amour a ouvert les portes du ciel ; descends de ton cadre, redresse-toi dans ta longue jupe de satin vert ; car il y a longtemps que tu es agenouillée devant le sublime gibet ; – les saintes femmes garderont bien le corps sans toi et suffiront à la veillée funèbre.

« Viens, viens, Madeleine ; tu n'as pas versé toutes tes buires de parfums sur les pieds du Maître céleste, il doit rester assez de nard et de cinname au fond du vase d'onyx pour redonner leur lustre à tes cheveux souillés par la cendre de la pénitence. Tu auras comme autrefois des unions de perles, des pages nègres et des couvertures de pourpre de Sidon. Viens, Madeleine ; quoique tu sois morte il y a deux mille ans, j'ai assez de jeunesse et d'ardeur pour ranimer ta poussière. – Ah ! spectre de beauté, que je te tienne une minute entre mes bras, et que je meure ! »

Un soupir étouffé, faible et doux comme le gémissement d'une colombe blessée à mort, résonna tristement dans l'air. – Tiburce crut que la Madeleine lui avait répondu.

C'était Gretchen qui, cachée derrière un pilier, avait tout vu, tout entendu, tout compris. Quelque chose s'était rompu dans son cœur : – elle n'était pas aimée.

Le soir, Tiburce vint la voir ; il était pâle et défait. Gretchen avait une blancheur de cire. L'émotion du matin avait fait tomber les couleurs de ses joues, comme la poudre des ailes d'un papillon.

« Je pars demain pour Paris ; – veux-tu venir avec moi ?

– À Paris et ailleurs ; où vous voudrez, répondit Gretchen, en qui toute volonté semblait éteinte ; – ne serai-je pas malheureuse partout ? »

Tiburce lui lança un coup d'œil clair et profond.

« Venez demain matin, je serai prête ; je vous ai donné mon cœur et ma vie. – Disposez de votre servante. »

Elle alla avec Tiburce aux Armes du Brabant pour l'aider dans ses préparatifs de départ ; elle lui rangea ses livres, son linge et ses gravures, puis elle revint à sa petite chambre de la rue Kipdorp ; elle ne se coucha pas et se jeta tout habillée sur son lit.

Une invincible mélancolie s'était emparée de son âme ; tout semblait attristé autour d'elle : les bouquets étaient fanés dans leur cornet de verre bleu, la lampe grésillait et jetait des lueurs intermittentes et pâles ; le christ d'ivoire inclinait sa tête désespérée sur sa poitrine, et le buis bénit prenait des airs de cyprès trempé dans l'eau lustrale.

La petite vierge de sa petite chambre la regardait étrangement avec ses yeux d'émail, et la tempête, appuyant son genou sur le vitrage de la fenêtre, faisait gémir et craquer les mailles de plomb.

Les meubles les plus lourds, les ustensiles les plus insignifiants avaient un air de compassion et d'intelligence ; ils craquaient douloureusement et rendaient des sons lugubres. Le fauteuil étendait ses grands bras désœuvrés ; le houblon du treillage passait familièrement sa petite main verte par un carreau cassé ; la bouilloire se plaignait et pleurait dans les cendres ; les rideaux du lit pendaient en plis plus flasques et plus désolés ; toute la chambre semblait comprendre qu'elle allait perdre sa jeune maîtresse.

Gretchen appela sa vieille servante qui pleurait, lui remit ses clefs et les titres de la petite rente, puis elle ouvrit la cage de ses deux tourterelles café au lait et leur rendit la liberté.

Le lendemain, elle était en route pour Paris avec Tiburce.

CHAPITRE VI

Le logis de Tiburce étonna beaucoup la jeune Anversoise, accoutumée à la rigidité et à l'exactitude flamandes ; ce mélange de luxe et d'abandon renversait toutes ses idées. – Ainsi une housse de velours incarnadin était jetée sur une méchante table boiteuse ; de magnifiques candélabres du goût le plus fleuri, qui n'eussent pas déparé le boudoir d'une maîtresse de roi, ne portaient que de misérables bobèches de verre commun que la bougie avait fait éclater en brûlant jusqu'à la racine ; un pot de la Chine d'une pâte admirable et du plus grand prix avait reçu un coup de pied dans le ventre, et des points de suture en fil de fer maintenaient ses morceaux étoilés ; – des gravures très-rares et avant la lettre étaient accrochées au mur par des épingles ; un bonnet grec coiffait une Vénus antique, et une multitude d'ustensiles incongrus, tels que pipes turques, narghilés, poignards, yatagans, souliers chinois, babouches indiennes, encombraient les chaises et les étagères.

La soigneuse Gretchen n'eut pas de repos que tout cela ne fût nettoyé, accroché, étiqueté ; comme Dieu, qui tira le monde du chaos, elle tira de ce fouillis un délicieux appartement. Tiburce, qui avait l'habitude de son désordre, et qui savait parfaitement où les choses ne devaient pas être, eut d'abord peine à s'y retrouver ; mais il finit par s'y faire. Les objets qu'il dérangeait retournaient à leur place comme par enchantement. Il comprit, pour la première fois, le confortable. Comme tous les gens d'imagination, il négligeait les détails. La porte de sa chambre était dorée et couverte d'arabesques, mais elle n'avait pas de bourrelet ; en vrai sauvage qu'il était, il aimait le luxe et non le bien-être ; il eût porté, comme les Orientaux, des vestes de brocart d'or doublées de toile à torchon.

Cependant, quoiqu'il parût prendre goût à ce train de vie plus humain et plus raisonnable, il était souvent triste et préoccupé ; il restait des journées entières sur son divan, flanqué de deux piles de coussins, sans sonner mot, les yeux fermés et les mains pendantes ; Gretchen n'osait l'interroger, tant elle avait peur de sa réponse. La scène de la cathédrale était restée gravée dans sa mémoire en traits douloureux et ineffaçables.

Il pensait toujours à la Madeleine d'Anvers, – l'absence la lui faisait plus belle : il la voyait devant lui comme une lumineuse apparition. Un soleil idéal criblait ses cheveux de rayons d'or, sa robe avait des transparences d'émeraude, ses épaules scintillaient comme du marbre de Paros. – Ses larmes s'étaient évaporées, et la jeunesse brillait dans toute sa fleur sur le duvet de ses joues vermeilles ; elle semblait tout à fait consolée de la mort du Christ, dont elle ne soutenait plus le pied bleuâtre qu'avec négligence, et détournait la tête du côté de son amant terrestre. – Les contours sévères de la sainteté s'amollissaient en lignes ondoyantes et souples ; la pécheresse reparaissait à travers la repentie ; sa gorgerette flottait plus librement, sa jupe bouffait à plis provocants et mondains, ses bras se déployaient amoureusement et comme prêts à saisir une proie voluptueuse. La grande sainte devenait courtisane et se faisait tentatrice. – Dans un siècle plus crédule, Tiburce aurait vu là quelque sombre machination de celui qui va rôdant, quærens quem devoret ; il se serait cru la griffe du diable sur l'épaule et bien dûment ensorcelé.

Comment se fait-il que Tirburce, aimé d'une jeune fille charmante, simple d'esprit, spirituelle de cœur, ayant la beauté, l'innocence, la jeunesse, tous les vrais dons qui viennent de Dieu et que nul ne peut acquérir, s'entête à poursuivre une folle chimère, un rêve impossible, et comment cette pensée si nette et si puissante a-t-elle pu arriver à ce degré d'aberration ? Cela se voit tous les jours ; n'avons-nous pas chacun dans notre sphère été aimés obscurément par quelque humble cœur, tandis que nous cherchions de plus hautes amours ? n'avons-nous pas foulé aux pieds une pâle violette au parfum timide, en cheminant les yeux baissés vers une étoile brillante et froide qui nous jetait son regard ironique du fond de l'infini ? – l'abîme n'a-t-il pas son magnétisme, et l'impossible sa fascination ?

Un jour, Tiburce entra dans la chambre de Gretchen portant un paquet, – il en tira une jupe et un corsage à la mode antique, en satin vert, une chemisette de forme surannée et un fil de grosses perles. – Il pria Gretchen de se revêtir de ces habits qui ne pouvaient manquer de lui aller à ravir et de les garder dans la maison ; il lui dit par manière d'explication qu'il aimait beaucoup les costumes du seizième siècle, et qu'en se prêtant à cette fantaisie elle lui ferait un plaisir extrême. Vous pensez bien qu'une jeune fille ne se fait guère prier pour essayer une robe neuve : elle fut bientôt habillée, et, quand elle entra dans le salon, Tiburce ne put retenir un cri de surprise et d'admiration.

Seulement il trouva quelque chose à redire à la coiffure, et, délivrant les cheveux pris dans les dents du peigne, il les étala par larges boucles sur les épaules de Gretchen comme ceux de la Madeleine de la Descente de croix. Cela fait, il donna un tour différent à quelques plis de la jupe, lâcha les lacets du corsage, fripa la gorgerette trop roide et trop empesée ; et, reculant de quelques pas, il contempla son œuvre.

Vous avez sans doute, à quelque représentation extraordinaire, vu ce qu'on appelle des tableaux vivants. On choisit les plus belles actrices du théâtre, on les habille et on les pose de manière à reproduire une peinture connue : Tiburce venait de faire le chef d'œuvre du genre, – vous eussiez dit un morceau découpé de la toile de Rubens.

Gretchen fit un mouvement.

« Ne bouge pas, tu vas perdre la pose ; – tu es si bien ainsi ! » cria Tiburce d'un ton suppliant.

La pauvre fille obéit et resta immobile pendant quelques minutes. Quand elle se retourna, Tiburce s'aperçut qu'elle avait le visage baigné de larmes.

Tiburce sentit qu'elle savait tout.

Les larmes de Gretchen coulaient silencieusement le long de ses joues, sans contraction, sans efforts, comme des perles qui débordaient du calice trop plein de ses yeux, délicieuses fleurs d'azur d'une limpidité céleste : la douleur ne pouvait troubler l'harmonie de son visage, et ses larmes étaient plus gracieuses que le sourire des autres.

Gretchen essuya ses pleurs avec le dos de sa main, et, s'appuyant sur le bras d'un fauteuil, elle dit d'une voix amollie et trempée d'émotion :

« Oh ! Tiburce, que vous m'avez fait souffrir ! – Une jalousie d'une espèce nouvelle me torturait le cœur ; quoique je n'eusse pas de rivale, j'étais cependant trahie : vous aimiez une femme peinte, elle avait vos pensées, vos rêves, elle seule vous paraissait belle, vous ne voyiez qu'elle au monde ; abîmée dans cette folle contemplation, vous ne vous aperceviez seulement pas que j'avais pleuré. – Moi qui avais cru un instant être aimée de vous, tandis que je n'étais qu'une doublure, une contre-épreuve de votre passion ! Je sais bien qu'à vos yeux je ne suis qu'une petite fille ignorante qui parle français avec un accent allemand qui vous fait rire ; ma figure vous plaît comme souvenir de votre maîtresse idéale : vous voyez en moi un joli mannequin que vous drapez à votre fantaisie ; mais, je vous le dis, le mannequin souffre et vous aime… »

Tiburce essaya de l'attirer sur son cœur, mais elle se dégagea et continua :

« Vous m'avez tenu de ravissants propos d'amour, vous m'avez appris que j'étais belle et charmante à voir, vous avez loué mes mains et prétendu qu'une fée n'en avait pas de plus mignonnes, vous avez dit de mes cheveux qu'ils valaient mieux que le manteau d'or d'une princesse, et de mes yeux que les anges descendaient du ciel pour s'y mirer, et qu'ils y restaient si longtemps qu'ils s'attardaient et se faisaient gronder par le bon Dieu ; et tout cela avec une voix douce et pénétrante, un accent de vérité à tromper de plus expérimentées : – Hélas ! ma ressemblance avec la Madeleine du tableau vous allumait l'imagination et vous prêtait cette éloquence factice ; elle vous répondait par ma bouche ; je lui prêtais la vie qui lui manque, et je servais à compléter votre illusion. Si je vous ai donné quelques moments de bonheur, je vous pardonne le rôle que vous m'avez fait jouer. – Après tout, ce n'est pas votre faute si vous ne savez pas aimer, si l'impossible seul vous attire, si vous n'avez envie que de ce que vous ne pouvez atteindre. Vous avez l'ambition de l'amour, vous vous trompez sur vous-même, vous n'aimerez jamais. Il vous faut la perfection, l'idéal et la poésie : – tout ce qui n'existe pas. – Au lieu d'aimer dans une femme l'amour qu'elle a pour vous, de lui savoir gré de son dévouement et du don de son âme, vous cherchez si elle ressemble à cette Vénus de plâtre qui est dans votre cabinet. Malheur à elle, si la ligne de son front n'a pas la coupe désirée ! Vous vous inquiétez du grain de sa peau, du ton de ses cheveux, de la finesse de ses poignets et de ses chevilles, de son cœur jamais. – Vous n'êtes pas amoureux, mon pauvre Tiburce, vous n'êtes qu'un peintre. – Ce que vous avez pris pour de la passion n'était que de l'admiration pour la forme et la beauté ; vous étiez épris du talent de Rubens, et non de Madeleine ; votre vocation de peintre s'agitait confusément en vous et produisait ces élans désordonnés dont vous n'étiez pas le maître. De là viennent toutes les dépravations de votre fantaisie. – J'ai compris cela, parce que je vous aimais. – L'amour est le génie des femmes, – leur esprit ne s'absorbe pas dans une égoïste contemplation ! depuis que je suis ici j'ai feuilleté vos livres, j'ai relu vos poètes, je suis devenue presque savante. – Le voile m'est tombé des yeux. J'ai deviné bien des choses que je n'aurais jamais soupçonnées. Ainsi j'ai pu lire clairement dans votre cœur. – Vous avez dessiné autrefois, reprenez vos pinceaux. Vous fixerez vos rêves sur la toile, et toutes ces grandes agitations se calmeront d'elles-mêmes. Si je ne puis être votre maîtresse, je serai du moins votre modèle. »

Elle sonna et dit au domestique d'apporter un chevalet, une toile, des couleurs et des brosses.

Quand le domestique eut tout préparé, la chaste fille fit tomber ses vêtements avec une impudeur sublime, et, relevant ses cheveux comme Aphrodite sortant de la mer, elle se tint debout sous le rayon lumineux.

« Ne suis-je pas aussi belle que votre Vénus de Milo ? » dit-elle avec une petite moue délicieuse.

Au bout de deux heures la tête vivait déjà et sortait à demi de la toile : en huit jours tout fut terminé. Ce n'était pas cependant un tableau parfait ; mais un sentiment exquis d'élégance et de pureté, une grande douceur de tons et la noble simplicité de l'arrangement le rendaient remarquable, surtout pour les connaisseurs. – Cette svelte figure blanche et blonde se détachant sans effort sur le double azur du ciel et de la mer, et se présentant au monde souriante et nue, avait un reflet de poésie antique et faisait penser aux belles époques de la sculpture grecque.

Tiburce ne se souvenait déjà plus de la Madeleine d'Anvers.

« Eh bien ! dit Gretchen, êtes-vous content de votre modèle ?

– Quand veux-tu publier nos bans ? répondit Tiburce.

– Je serai la femme d'un grand peintre, dit-elle en sautant au cou de son amant ; – mais n'oubliez pas, monsieur, que c'est moi qui ai découvert votre génie, ce précieux diamant, – moi, la petite Gretchen de la rue Kipdorp ! »